Tŷ Jac

Lluniau: Mary Price Jenkins
Testun: Manon Eames a Ioan Hefin

Rhif Rhyngwladol: 0 86243 312 6

Argraffwyd a chyhoeddwyd yng Nghymru
gan Y Lolfa Cyf., Talybont, Ceredigion SY24 5HE;
ffôn (0970) 832 304, ffacs 832 782;
rhwymwyd gan Principal Bookbinders, Ystradgynlais.

Tŷ Jac

EAMES / HEFIN / JENKINS

Theatr Gorllewin Morgannwg

Du oedd ein byd ni, **duach** na glo,

Ymhell bell bell cyn co';

Duach na'r fagddu, **duach** na **du**,

Duach na düwch glo.

Dyma ddiwedd ar ddyddiau'r brenhinoedd fu gynt,

A'u hurddas a'u grym wedi mynd gyda'r gwynt.

Yn bentwr o esgyrn hyd lludw y llawr

Gorweddai yn gelain pob deinosor **mawr**

Heb neb i alaru na chanu eu clod;

Wel, doedd bechgyn a merched

ddim eto yn bod!

Nhw oedd brenhinoedd y byd ar un tro,
Diplodocws, Tyranosor,
Ac angau'u crafangau miniog a main
Yn rheoli'r ddaear. Ni wyddai'r rhain
Y deuai eu byd i ben cyn bo hir
Pan giliai golau yr heulwen o'r tir.

Brenhinoedd bach a mawr
Sy'n disgyn i lawr i'r llawr.
Fe drodd yr holl ddaear
Ymhell bell cyn co'
Yn dduach na'r fagddu,
Yn dduach na glo.

Yna daeth y bore...

Bore'n gwawrio'n dywyll a glas
yn nyfnderoedd cysglyd glas
y moroedd.

Symudai creaduriaid anferth yn araf
a thyner drwy'r dyfroedd
gan anwesu ei gilydd wrth fynd heibio,
a galw ar ei gilydd gyda chân foreol dawel.

Roedd y morfilod yn effro
ac yn nofio mewn heddwch drwy ganeuon eu byd,
ac yn gwrando ar eu halawon yn atseinio
drwy'r tonnau am filoedd o filltiroedd.

Do, fe ddaeth y bore...
Bore'n gwawrio'n wyn a llachar ar wastadedd pell,
a'r haul yn codi breuddwydion y noson oer
mewn tes o'r tir,
lan, lan, lan i'r awyr las, las, las uwchben.

Symudai creaduriaid anferth yn araf
a thyner drwy'r
coed gan anwesu
ei gilydd wrth fynd heibio,
a galw ar ei gilydd
mewn sibrydion boreol
tawel.

Roedd yr eliffantod yn effro
ac yn symud yn ofalus
mewn heddwch drwy lwch
a gwres eu byd,
ac yn gwrando wrth i'w
sibrydion atseinio am filoedd
o filltiroedd dros y tir
caled a phoeth.

Yna daeth dyn i grwydro'r tir,
Ei enw oedd Jac~ mae fel ti a fi.

"Mae yma dipyn o fyd bach twt," meddai Jac,
"Felly gwrandewch i gyd.
Myfi sydd am reoli eich byd!

'Dros bob creadur
ac enaid byw
Fi ydy'r meistr, fi ydy'r
llyw.
Fi ydy meistr y byd
Ie! Brenin y byd bach i gyd,
twt.

A'r geiriau atseiniodd drwy'r pridd dan ei droed
Drwy donnau y moroedd a brigau y coed.

"Mae'n wir," canodd Jac
gyda chwarddiad a chri,
"Chi'n llawer rhy dwp
i ddadlau 'da fi.
Ni ellwch chi siarad
na chynnal sgwrs.
Felly, fi ydy'r dlyfraf
a'r brenin wrth gwrs."

Ac fe gamodd
a llamodd
wrth ganu
ei bwt,
"Myfi ydy
brenin
y byd bach
twt."

"Fy nheyrnas yw'r môr,
Fy nheyrnas yw'r tir,
Mae'r tonnau yn las,
Mae'r awyr yn glir.
Hwrê!" meddai Jac
wrth ganu ei bwt,
"Myfi ydy brenin y byd bach twt."

Tra oedd
Jac
wrthi'n llamu
a chanu ei bwt,
"Myfi ydy brenin
y byd bach twt."

"Bach ydy bach a **mawr** ydy **mawr**,
Tal ydy tal, a rhaid yn awr

A'i wraig a'i blant aeth ati'n ddi-oed
I adeiladu tŷ yn y coed.
"Gwrandewch chi greaduriaid mud
Jac ydy'ch **meistr** chi i gyd."

Ac fe wyliodd
cath Jac
y teulu'n
adeiladu
tŷ
bach
twt.

Ac mae llawer o anifeilaid yn gallu gwynto mwy, gweld mwy, clywed mwy"...

"Oes..."

"Felly, beth sy'n dy neud ti'n frenin, Dad?"

Cododd Jac un bys at ei dalcen,

"Hwn," meddai.

"Fi ydy'r un sy'n gallu meddwl a siarad, trafod problemau, gwneud penderfyniadau.

Fy mab, **fi**,

fi,

ydy'r

brenin

am mai fi ydy'r clyfraf."

"Nid ti ydy'r dewraf." "Na."

"Na'r cyflymaf." "Na."

"Nid ti ydy'r canwr gorau." "Nage."

"Edrychwch ar fy nghartref clyd
A'r hyn a wnes o'm ffrindiau mud:
Mae'r morfil yn dawel, pa ots am ei gân?
Mae'n ddefnyddiol fel sebon i'n cadw ni'n lân.
Mae'n staes ac yn gortyn ~ a dyna i chi gamp.
Mae'n olew sy'n llosgi yn rhad yn fy lamp.
Ysgithrau yr eliffant tyner a chry'
Yw nodau y piano sy'n swyno fy nhŷ.
Ac un o'i draed sydd wrth ymyl y drws,
Mae nawr yn fin sbwriel defnyddiol a thlws.
Canhwyllau, botymau a sebon a glud
A chribau a cholur ~ fe'u gwnes nhw i gyd
Am mai fi ydy'r clyfraf," canodd ei bwt,
"Hwrê! am fy myd bach twt.'"

Ac yn y tywyllwch
arweiniodd y morfilod eraill enaid y fam a'i gludo o'r traeth,
a'i dywys i fywyd arall mewn byd a oedd
ar un tro yn eiddo iddyn nhw.

Ac fe gododd yr eliffantod gorff y fam a'i gladdu ar y gwastadedd cyn cludo ei henaid i fywyd arall mewn byd a oedd ar un tro yn eiddo iddyn nhw.

Nid oes canu na sibrwd rhagor...
Oni bai am **Jac** wrth gwrs.
Mae fel ti a fi.

Mae Jac
yn camu
a llamu
gan ganu
ei bwt.

Mi ganodd
yn uwch,
ac yn uwch,
ac yn uwch!

Dechreuodd ei holl feibion
a merched ganu hefyd,
mor uchel
ni sylweddolodd neb
mor dawel oedd y byd.

Dim adar,
Dim anifeiliaid,
Dim canu,
Dim anadlu,
Dim byd!
Distawrwydd
Llethol!

Ac fe safodd Jac ar ei ynys yng nghanol y moroedd
tywyll a gwag
o dan yr awyr ddu yn wylo.
"Tybed faint o amser sydd?"
"Dim llawer."
Ie, brenhinoedd bach a mawr
Sy'n disgyn i lawr i'r llawr.
Ac wele, bydd Jac yn troi yn ei dro
Yn dduach na'r fagddu, yn dduach na glo.

Fel actorion gyda Chwmni Theatr Gorllewin Morgannwg mae Manon Eames a Ioan Hefin yn gyfarwydd iawn ag ysgrifennu a pherfformio dramâu yn arbennig i bobl ifanc. Bu'r ddau yn cydweithio gyda Mary Price Jenkins pan gomisiynwyd hi i gynllunio set ar gyfer un o gynyrchiadau'r cwmni ac o'r berthynas hon y deilliodd y syniad o greu llyfrau ar y cyd yn ogystal â dramâu.

Dyma eu cyfrol gyntaf.

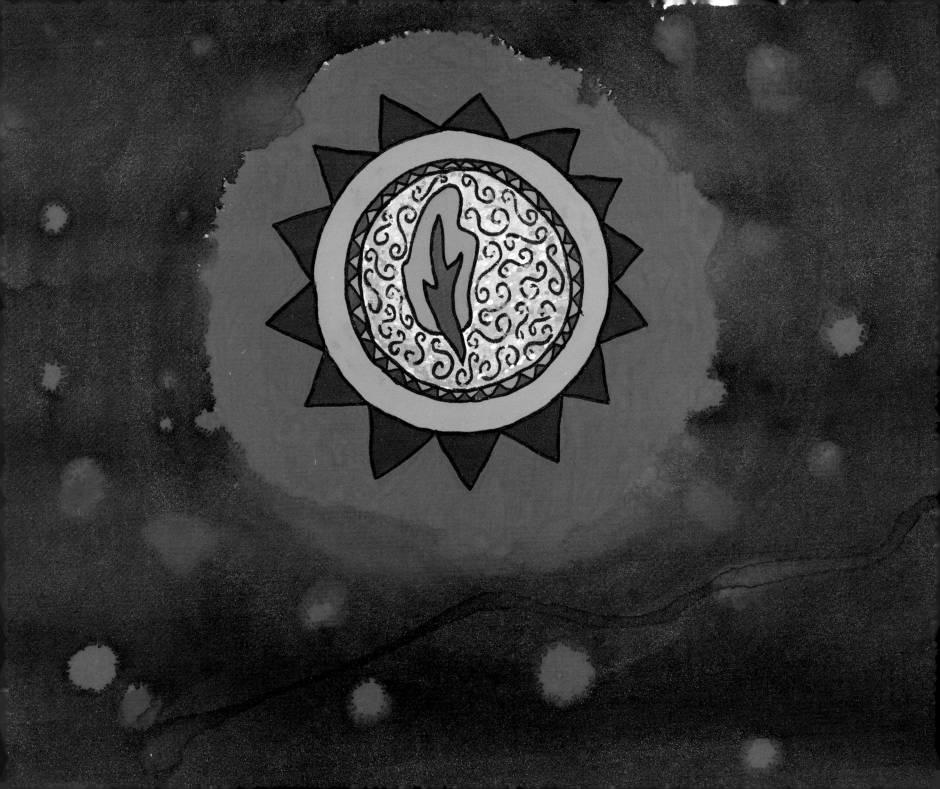